Introduction

Sherlock Heml'Os et Scotson sont de retour ! Venez vite vous joindre à eux pour résoudre les énigmes les plus mystérieuses...

Avec son esprit vif, Sherlock Heml'Os n'a pas son pareil pour trouver la solution en moins de temps qu'il ne faut pour le dire. Rien n'échappe à son regard perçant. Scotson, son fidèle compagnon, est toujours stupéfait par un tel talent.

Alors, détectives en herbe, au travail. Ouvrez l'œil, soyez attentifs ! Cet ouvrage vous offre l'occasion de prouver que vous aussi, vous êtes capables de découvrir le coupable et de mener à bien l'enquête la plus difficile.

Avec Sherlock Heml'Os et Scotson pour compagnons, vous avez toutes les chances d'arriver au but !

1

Un drôle de robot

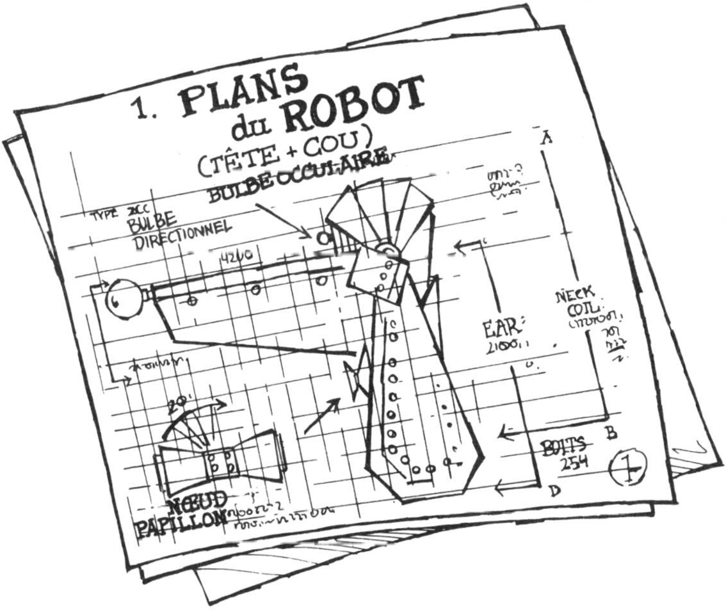

Ce jour-là, Sherlock Heml'Os arriva chez Scotson tard dans la matinée. Il trouva son ami débordant d'activité. Il passait l'aspirateur, avait déjà fait la lessive et s'apprêtait à laver la vaisselle tout en préparant des tartines grillées. D'ordinaire, Scotson ne montrait pas un tel empressement pour les travaux ménagers...

« Comment ? Tu n'es pas au courant ? s'étonna-t-il, comme son compagnon lui demandait la raison d'un tel remue-ménage. On va couper l'électricité de

midi à deux heures de l'après-midi. Toute la ville en sera privée. Des réparations...

— Ah bon ! Je l'ignorais...

— Voilà pourquoi j'aimerais avoir terminé avant, tu comprends. Ce sera bientôt midi.

— Excellente idée ! »

A cet instant, la sonnerie de la porte d'entrée retentit. C'était Jojo Maxiflair, le directeur de l'unique banque de Toutouville.

« Bonjour ! Comme je ne vous ai pas trouvé chez vous, Sherlock Heml'Os, je me suis dit que vous seriez ici. J'ai besoin de vous. Enfin, d'un conseil.

— Que puis-je faire pour vous ? demanda le célèbre détective.

— Le professeur Laser a sollicité un prêt. C'est un homme qui a beaucoup de talent. Figurez-vous qu'il vient de mettre au point un robot ! Il souhaite emprunter de l'argent à ma banque pour

en fabriquer d'autres et m'a invité chez lui pour me montrer le premier exemplaire. Avant de lui accorder ce prêt, j'aimerais votre avis. Si vous vouliez bien m'accompagner...

— Volontiers ! » répondirent Sherlock Heml'Os et Scotson.

Ce dernier termina son ménage en vitesse et le trio se mit en route.

Le laboratoire du professeur Laser se trouvait en plein centre de Toutouville. Le trajet ne demanda que quelques minutes. L'inventeur accueillit les visiteurs avec un long discours sur les mérites de son robot puis les invita à le suivre.

Le robot était en métal brillant. Un cordon électrique s'en échappait d'un côté.

« Une merveille, n'est-ce pas ? s'exclama le professeur Laser.

— Hum hum... fit Sherlock Heml'Os. Pouvez-vous nous montrer comment ça marche ?

OFF

— Bien sûr ! Il suffit de brancher le cordon électrique, et vous allez voir ce que vous allez voir ! Maintenant, je tourne ce bouton, et voilà ! »

Le robot se mit aussitôt à avancer. Mieux encore, il parlait ! Pour finir, il saisit un balai et commença à nettoyer le sol du laboratoire.

« Stupéfiant ! lança Scotson, émerveillé.

— Professeur Laser, vous êtes un génie ! déclara Jojo Maxiflair. Quelle invention révolutionnaire ! »

Sherlock Heml'Os sentit tout à coup une petite faim le tenailler. Il jeta un coup d'œil à sa montre. Pas étonnant, il était une heure de l'après-midi ! Soudain, une idée traversa son esprit. Tiens, tiens... Il allait parler quand le directeur de la banque l'en empêcha.

« Alors, qu'est-ce que vous en pensez, Sherlock Heml'Os ? Vraiment génial, n'est-ce pas ?

— Vous m'avez demandé de vous accompagner pour vous donner un conseil, c'est bien ça ? Eh bien, le voici... Le professeur Laser est un escroc, et son robot, un vulgaire tas de ferraille !

— Voulez-vous retirer tout de suite ces paroles injurieuses ! cria le faux inventeur, hors de lui.

— Sherlock Heml'Os, je vous en prie,

dites-moi ce qui vous permet d'affirmer une chose pareille ! » lança Jojo Maxiflair en ouvrant de grands yeux étonnés.

Pourquoi Sherlock Heml'Os pense-t-il que le robot est une supercherie ?

Vous donnez votre langue au chat ?

Alors, tournez la page...

SOLUTION

Un drôle de robot

Lorsque Sherlock Heml'Os a consulté sa montre, elle marquait une heure de l'après-midi. Or, il s'est souvenu que l'électricité devait être coupée dans toute la ville de midi à deux heures. Le robot n'aurait donc pas dû fonctionner quand le professeur Laser a introduit la fiche dans la prise de courant.

Pour avoir confirmation de ses suppositions, le célèbre détective demanda au professeur d'ouvrir l'arrière du robot. Il y découvrit Louis Boîtaclous, un bricoleur connu dans toute la ville. De sa cachette, il faisait avancer le robot et parlait à sa place.

Le faux inventeur fut bien obligé de reconnaître qu'il voulait tromper son banquier. Quant à ce dernier, il ne regretta pas d'avoir demandé conseil à Sherlock Heml'Os !

2

M. Métroboulododo a des ennuis

Quel plaisir, de passer des vacances de rêve sous le chaud soleil d'une île des mers du Sud ! Sherlock Heml'Os et Scotson se prélassaient sous les palmiers, parmi une foule d'admirateurs qui leur faisaient fête. Rencontrer le célèbre Sherlock Heml'Os en personne, voilà qui n'est pas à la portée de tout le monde !

Par un heureux hasard, un autre habitant de Toutouville se reposait aussi sur cette île lointaine. Un industriel, M. Métroboulododo, qui ne tarissait pas d'éloges sur son illustre concitoyen.

Le trio devint vite inséparable.

Un soir, alors qu'ils sirotaient un verre de jus d'orange au bord de la piscine de leur hôtel, M. Métroboulododo demanda à ses amis la permission de s'absenter quelques instants. Il devait se rendre à la réception pour y chercher son courrier, que sa secrétaire devait normalement lui faire suivre. A son retour, il était fort en colère.

« De mauvaises nouvelles ? demanda Sherlock Heml'Os.

— Aucune nouvelle ! grogna l'autre. Mlle Taptap est une idiote ! Je la renverrai dès mon retour !

— Une idiote ? s'étonna le détective.

— C'est la pure vérité ! Une incapable, aussi ! En quittant mon bureau le soir de mon départ en vacances, j'ai emporté la clef de l'unique boîte aux lettres de l'entreprise. Je m'en suis aperçu dès mon arrivée ici, et j'ai aussitôt écrit à Mlle Taptap pour lui faire part de cet incident regrettable. Par le même courrier, je lui ai expédié la clef de la boîte. J'ai adressé cette lettre à mon entreprise, bien entendu. Depuis, rien... Pas la moindre lettre ! Et il y a une bonne quinzaine de cela !

— Je comprends, dit le détective. C'est bien ennuyeux !

— Je me demande ce qu'elle attend ! s'écria M. Métroboulododo, rouge de colère. Il doit y avoir une montagne de courrier à faire suivre ! Mais elle me le paiera ! Dès mon retour, à la porte !

— Vous avez raison, approuva Scotson. Votre secrétaire est une sacrée paresseuse ! Tu es bien de mon avis, n'est-ce pas, Sherlock Heml'Os ? »

Ce dernier regarda son ami avec un petit sourire amusé, puis il se tourna vers M. Métroboulododo.

« Vous avez une secrétaire absolument parfaite, déclara-t-il. Si vous ne recevez pas de courrier, elle n'y est pour rien !

— Quoi ? Que voulez-vous dire ? » bredouilla l'industriel.

Que veut dire Sherlock Heml'Os ?
Vous donnez votre langue au chat ?
Alors, tournez la page...

SOLUTION

M. Métroboulododo a des ennuis

Mlle Taptap ne peut toujours pas faire suivre le courrier de M. Métroboulododo. En effet, ce dernier a adressé la lettre, renfermant la clef de l'unique boîte aux lettres de l'entreprise, à son bureau. Le facteur a donc glissé l'enveloppe dans la boîte fermée à clef ! Dans ces conditions, la secrétaire ne peut pas avoir eu cette dernière lettre entre les mains !

3

L'alibi n'était pas en béton !

Par un chaud après-midi d'été, Sherlock Heml'Os et Scotson cherchaient un peu de fraîcheur dans le parc de Toutouville.

« Quelle fournaise ! soupira Scotson. Pas le moindre souffle d'air !

— Tu peux le dire ! Il n'y a pas eu la plus petite brise de toute la journée, approuva son compagnon. On étouffe !

— Je t'invite à venir boire un bon verre de limonade glacée. J'en ai mis dans le réfrigérateur.

— Excellente idée ! » lança Sherlock Heml'Os en se levant.

Les deux amis s'apprêtaient à quitter le parc quand ils virent quelqu'un venir à eux, l'air catastrophé. Ils reconnurent Jules Latruelle, employé dans une entreprise de maçonnerie de la ville.

« Sherlock Heml'Os ! s'écria le maçon. Quelle chance ! Je vous en supplie, aidez-moi ! Vous seul pouvez tirer cette affaire au clair !

— Que vous arrive-t-il ?

— On a saboté mon travail ! J'ai terminé le revêtement du trottoir qui borde l'allée, là-bas, dit-il en montrant un coin du parc, puis je suis allé déjeuner. A mon retour, j'ai trouvé des empreintes de pas dans le ciment frais ! En plus, le vandale a écrit la date d'aujourd'hui à côté des empreintes. Il ne me reste plus qu'à recommencer !

— C'est scandaleux ! s'exclama le détective. Avez-vous une idée du coupable ? »

Latruelle réfléchit un instant.

« Je vois ! Sans doute l'un de ces deux fainéants qui se prélassent sur la pelouse ! Antoine Dupont-Dupond et Pierre de la Meute. Des vauriens toujours à l'affût d'un mauvais coup. Des paresseux comme il n'est pas permis !

— Hum hum... fit Sherlock Heml'Os. Allons leur poser quelques questions ! »

Ils trouvèrent les deux suspects toujours installés sur la pelouse. Si Antoine Dupont-Dupond avait l'air inquiet à la vue du détective et de ses compagnons, l'autre, au contraire, semblait plutôt amusé.

Sherlock Heml'Os s'adressa d'abord à Dupont-Dupond et lui demanda ce qu'il faisait pendant le déjeuner du maçon.

« M...Moi... s'étonna-t-il. Eh bien... Enfin... Je ne faisais rien du tout. Je lisais, allongé sur l'herbe.

— Pouvez-vous le prouver ?

— Non, hélas ! et cela m'ennuie beaucoup. »

Sherlock Heml'Os entreprit ensuite d'interroger Pierre de la Meute.

« Et vous, que faisiez-vous pendant que M. Latruelle déjeunait ?

— Quelle question ! J'ai fait voler mon cerf-volant pendant des heures ! Et sans qu'il touche terre, vous vous rendez compte ? Je deviens un vrai champion !

— A mon avis, commença Scotson, Pierre de la Meute a un alibi en béton ! Bon, assez discuté ! Dupont-Dupond, passez aux aveux ! C'est vous qui avez saccagé le beau travail de M. Latruelle !

— Ne nous emballons pas ! lança Sherlock Heml'Os. Pierre de la Meute nous a menti ! Son alibi ne tient pas ! »

Pourquoi Sherlock Heml'Os sait-il que Pierre de la Meute a menti ?

Vous donnez votre langue au chat ?

Alors, tournez la page...

SOLUTION

L'alibi
n'était pas en béton !

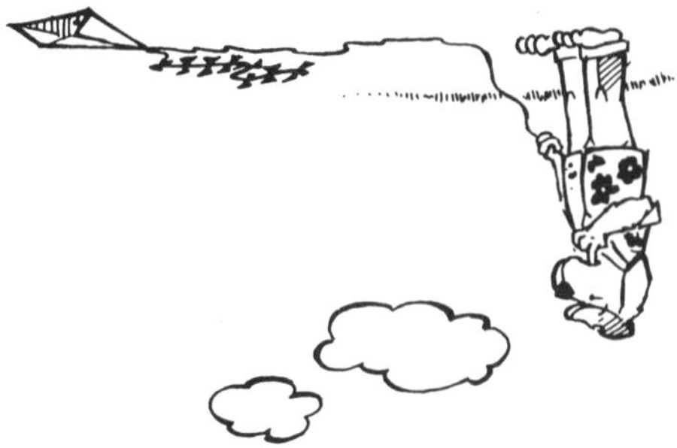

Sherlock Heml'Os et Scotson avaient remarqué qu'il n'y avait pas un souffle d'air, ce jour-là. Ils en avaient même parlé avant de quitter le parc. Donc, à l'évidence, Pierre de la Meute ne pouvait pas avoir fait voler son cerf-volant, et surtout pas pendant des heures.

Il fut bien obligé de reconnaître qu'il avait menti. C'était bien lui qui avait saboté le travail de M. Latruelle.

4

Dans le manoir hanté

Le ciel roulait de gros nuages noirs. Une nuit d'encre... Sur une petite route de campagne, deux ombres se profilaient. Sherlock Heml'Os et Scotson pédalaient à toute vitesse pour rentrer chez eux quand la pluie se mit à tomber en trombes. Le vent soufflait en tempête. Un vrai déluge...

« C'est bien notre veine ! se lamenta Scotson. Si nous cherchions un abri, en attendant que l'orage se calme ?

— Excellente idée ! » approuva son compagnon.

Un peu plus loin, sur un promontoire, se dressait le vieux manoir de Hurlevent. Depuis la disparition de son propriétaire, le duc de Hurlevent, la demeure était complètement abandonnée. Sa masse sombre se détachait sur le ciel zébré d'éclairs. Un spectacle à vous faire frissonner d'horreur...

« Nous allons trouver refuge dans cette vieille bâtisse, dit Sherlock Heml'Os.

JM
H-KISH-H

Quand il pleuvra moins fort, nous repartirons.

— Ben... C'est-à-dire que... Ou...i », bégaya Scotson qui voulait à tout prix dissimuler son épouvante.

Ils gravirent le tertre, posèrent leurs bicyclettes et se précipitèrent dans la maison. L'orage redoublait de violence. Il était temps ! La porte d'entrée grinça. Voyant d'énormes toiles d'araignées qui pendaient au plafond, Scotson se mit à trembler. Il avait horreur des araignées.

« Après tout, murmura-t-il d'une voix qui se voulait rassurée, une petite pluie n'a jamais fait de mal à personne ! Au contraire, je trouve cela très stimulant ! »

Il allait quitter le vestibule quand la porte d'entrée se referma d'un coup sec. Le malheureux resta cloué sur place.

« Sherlock Heml'Os, nous sommes prisonniers ! hurla-t-il, épouvanté.

— Du calme, mon ami ! Ce n'est qu'un courant d'air ! »

Tout à coup, ils entendirent une sorte de gémissement. La plainte venait du haut d'un escalier monumental conduisant à l'étage supérieur. A la faveur d'un éclair, ils entrevirent une forme blanchc. Brr... *Un fantôme.*

« *Hors d'ici !* Vous n'avez pas le droit de venir troubler mon repos, cria l'apparition d'une voix caverneuse.

— Mais... Qui êtes-vous ? réussit à demander Scotson.

— Je suis le fantôme du duc de Hurlevent, et je vous ordonne de quitter les lieux immédiatement !

— A... A vos ordres ! » balbutia Scotson, à demi mort de peur.

Sherlock Heml'Os essayait de le calmer quand une violente rafale rouvrit la porte d'entrée. Au passage, le vent souleva un peu la longue robe blanche du fantôme.

« Dernier avertissement ! Disparaissez ! tonitrua l'apparition du haut de l'escalier.

— Tu as entendu ? souffla Scotson. Quittons cet endroit sans plus tarder, dit-il en prenant son compagnon par le bras.

— Du calme, répliqua à nouveau le célèbre détective. Je ne sais pas ce qui se passe vraiment, mais ce que je sais, c'est que nous ne sommes pas en présence d'*un fantôme* !

— Pas possible ! Mais, comment le sais-tu ? »

Comment Sherlock Heml'Os a-t-il découvert qu'ils ne se trouvaient pas en présence d'un fantôme ?

Vous donnez votre langue au chat ?

Alors, tournez la page...

SOLUTION

Dans le manoir hanté

Tout d'abord, il faut dire que Sherlock Heml'Os ne croit pas aux fantômes. Pour persuader Scotson qu'il s'agit d'une supercherie, il lui a fait remarquer que lorsque le vent a soulevé la robe blanche du prétendu fantôme, il a aperçu des chaussures et le bas du pantalon du mystérieux personnage. Un fantôme ne porte ni chaussures, ni pantalon...

Sherlock Heml'Os découvrit que le « fantôme » était en réalité Louis Croc d'Acier, un mauvais garçon qui venait cacher le butin de ses vols dans le manoir abandonné. Pour assurer sa tranquillité, il avait imaginé de se déguiser en fantôme. Ainsi, même les plus intrépides le laissaient en paix. Mais il avait oublié que Sherlock Heml'Os n'avait peur de rien, et surtout pas des fantômes !

5

Au voleur !

Confortablement installé dans son fauteuil préféré, Scotson parcourait son journal, quand un article attira son attention.

« Tu connais la nouvelle ? demanda-t-il à Sherlock Heml'Os. Il paraît que Jules Loulou-Berlue possède la collection de trains miniatures la plus importante de la ville !

— Hum hum... fit le détective. A mon avis, toutes ces grandes personnes qui se passionnent pour les jouets sont un peu puériles, pour ne pas dire ridicules !

— Tu peux le dire ! » déclara Scotson en rougissant. Il s'estima heureux que son ami ignore son secret : il ne parvenait jamais à trouver le sommeil sans son vieil ours en peluche...

Quelques instants plus tard, on sonna à la porte d'entrée. Scotson se précipita pour ouvrir. A sa grande surprise, il se trouva devant Jules Loulou-Berlue en personne.

« Ça alors ! Nous étions justement en train de parler de toi ! » s'exclama Scotson.

Le visiteur se contenta d'un hochement de tête, puis il s'adressa à Sherlock Heml'Os.

« Il faut que vous m'aidiez ! Je suis désespéré ! On m'a volé l'un de mes trains les plus précieux ! Je suis ruiné ! Une vraie pièce de musée !

— Calmez-vous, mon ami. Comment cela s'est-il passé ?

— Je connais le voleur ! cria l'autre sans répondre à la question. C'est mon ancienne employée de maison, Mlle Frisette Frisons. Elle m'a déjà volé une gare, voici quelques jours, et je l'ai congédiée à cause de cela. Comme elle a en outre gardé une clef de ma maison, je suis certain qu'elle est l'auteur de ce nouveau larcin. Pensez donc ! Un train datant du début du siècle ! Une petite merveille !

— A quelle heure le vol a-t-il été commis ? demanda Sherlock Heml'Os.

— Aux environs de trois heures de l'après-midi. Je me suis absenté une dizaine de minutes pour aller acheter mon journal, comme chaque jour, et à mon retour, envolé, mon beau train !

— Hum hum... fit le détective. Allons poser quelques questions à cette Frisette Frisons ! »

La demoiselle achevait de dîner. A la vue de Sherlock Heml'Os et des deux autres, elle parut fort étonnée.

« Bienvenue chez moi ! lança-t-elle, flattée de recevoir le célèbre détective. Que puis-je pour vous ?

— Où vous trouviez-vous à trois heures, cet après-midi ? demanda ce dernier sans faire de manières.

— Mais c'est un véritable interrogatoire ! s'indigna la demoiselle. Un instant... Laissez-moi réfléchir. Ah ! Je me souviens, maintenant ! A une heure, je suis allée chez le dentiste. Il m'a extrait deux incisives. Ensuite, j'avais rendez vous chez l'esthéticienne. Et à trois heures, conclut-elle, je faisais des courses en ville. »

Là-dessus, elle sortit de son sac une photographie prise avec un appareil Polaroïd. On la voyait posant devant une horloge qui indiquait *trois heures précises.*

« C'est une amie qui a fait cette photo ! s'exclama-t-elle avec fierté.

— A mon avis, cette photo prouve que Mlle Frisette Frisons est innocente, reconnut Jules Loulou-Berlue.

— Est-ce que tu vois ce que je vois ? demanda Scotson à son compagnon. Là, sur la photo...

— Bien entendu, répondit celui-ci. Mademoiselle Frisette Frisons, déclara-t-il, j'ignore quand cette photo a été prise, mais je vous assure que ce n'est pas *aujourd'hui à trois heures de l'après-midi.*

— Comment le savez-vous ? » demanda Jules Loulou-Berlue, stupéfait.

Pourquoi Sherlock Heml'Os a-t-il l'assurance que la demoiselle n'a pas été photographiée le jour même ?

Vous donnez votre langue au chat ?

Alors, tournez la page...

SOLUTION

Au voleur !

Le détective et son compagnon ont remarqué que, sur le cliché, Mlle Frisette Frisons possède encore *toutes ses incisives.* Or, si la photo avait été prise après sa visite chez le dentiste — qui a eu lieu à *une heure* de l'après-midi, comme elle l'a dit elle-même —, elle n'aurait pas dû avoir encore *toutes ses incisives à trois heures.*

La coupable fut bien forcée d'avouer. Elle s'était fait photographier la veille. Elle pensait tenir un excellent alibi et pouvoir ainsi commettre le vol sans être inquiétée. Comme elle savait que son ancien patron sortait toujours à trois heures de l'après-midi, elle s'était introduite dans sa maison.

Malheureusement pour elle, Sherlock Heml'Os et Scotson étaient de fins limiers !

6

Salut, les petits gourmands !

Ce jour-là, Scotson et Sherlock Heml'Os avaient décidé de se détendre. Le premier somnolait dans son fauteuil quand la sonnerie du téléphone retentit.

« Bonjour ! » cria-t-il en sursautant, persuadé qu'il s'agissait de son réveil.

Sherlock Heml'Os lui donna une petite tape amicale puis saisit le combiné.

« Allô !

— Allô ! répondit une voix, à l'autre bout du fil. Je suis bien chez Scotson ? J'aimerais parler à Sherlock Heml'Os.

— C'est moi-même...

— Quelle chance ! Je me présente. Pedro Mexicanos.

— Le propriétaire de la fabrique de crèmes glacées ?

— En personne ! »

Le célèbre détective appréciait beaucoup les délicieuses crèmes glacées que produisait l'entreprise Mexicanos à Toutouville. Aussi s'empressa-t-il de demander à son correspondant la raison de son appel.

Il venait d'être victime d'un vol et souhaitait la collaboration de Sherlock Heml'Os pour en retrouver les auteurs.

Bien entendu, le détective répondit aussitôt que cette affaire l'intéressait...

Pendant la conversation téléphonique, Scotson avait eu le loisir de reprendre ses esprits. En moins de temps qu'il ne faut pour le dire, les deux amis enfourchèrent leurs vélos et se retrouvèrent sur la route qui conduisait à la fabrique de crèmes glacées. Pédalant à toute vitesse, ils arrivèrent bientôt.

Pedro Mexicanos les accueillit à l'entrée et leur présenta Bébert Rasemotte, son veilleur de nuit. C'était lui qui avait découvert le vol au cours d'une ronde.

« En effet, expliqua ce dernier, je faisais une ronde. Un gardien parfait doit faire des rondes, n'est-ce pas ? Vous savez, rien ne m'échappe !

— Venons-en au fait ! dit Sherlock Heml'Os, un peu agacé par ce bavardage.

— Comme j'étais en train de vous l'apprendre, reprit l'autre, je faisais une ronde et...

— Quelle heure était-il ? coupa le détective.

— Aux alentours de trois heures du matin.

— Hum hum...

— J'ai d'abord vérifié qu'il n'y avait rien d'anormal dans le congélateur où l'on entrepose les cartons de crème glacée avant leur expédition. Et c'est là que j'ai constaté la disparition de trois cartons.

— Eh bien, on peut dire que vous avez un œil de lynx ! remarqua Scotson.

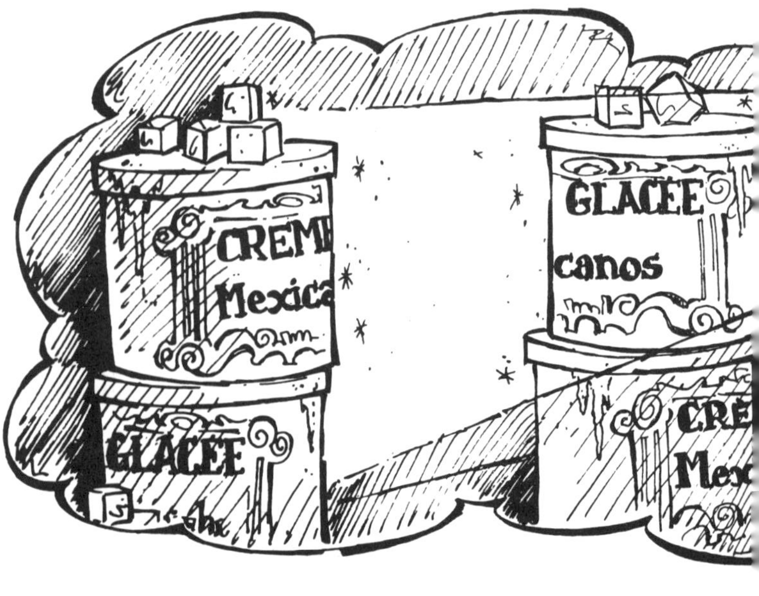

CRÈM
Mexica
GLACÉE
icanos

— Sans me flatter, je reconnais que j'ai l'œil à tout ! déclara le gardien avec orgueil. Jugez-en vous-même ! J'ai découvert le vol à peine quinze minutes après qu'il a été commis !

— Voilà ce que j'appelle quelqu'un d'efficace ! s'exclama Scotson. Si tous les veilleurs de nuit étaient comme vous ! Au fait, avez-vous vu quelqu'un ?

— Personne ! Absolument personne ! répondit Bébert Rasemotte.

— Si Bébert Rasemotte n'a pas aperçu le voleur, commença Scotson en s'adressant à Sherlock Heml'Os, c'est qu'il...

— ... ne s'est pas regardé dans une glace ! conclut le détective. Le voleur, c'est lui, et lui seul !

— Mais enfin, comment pouvez-vous le certifier ? demanda Pedro Mexicanos, les yeux ronds de surprise.

— Grâce à deux ou trois mots qu'il a lui-même prononcés », répondit Sherlock Heml'Os.

Quels sont les mots prononcés par Bébert Rasemotte signant sa culpabilité ?

Vous donnez votre langue au chat ?

Alors, tournez la page...

SOLUTION

Le voleur de crème glacée

Bébert Rasemotte a déclaré qu'il avait découvert le vol quinze minutes après qu'il a été commis. Or, comment pouvait-il connaître l'heure du méfait, à moins d'en être lui-même l'auteur, ou un complice du voleur ?

Voyant qu'il s'était trahi, le veilleur de nuit passa aux aveux.

Table

Composition réalisée par C.M.L., Montrouge

Achevé d'imprimer par Ouest Impressions Oberthur
35000 Rennes - N° 8437 - Juin 1988
ISBN 2.01.014189.X - Dépôt légal éditeur n° 9615

32/0252/0